KB021832

성숙으로 가는 낙서장

나에게 시는
어느 날은 누군가에게 보내는 편지였으며
어느 날은 나를 살게 하는 위로였습니다.

나의 시집이
누군가의 마음에 가닿는 편지가 되기를
누군가의 마음을 살게 하는 위로가 되기를 바라봅니다.

차례

제1부 짝사랑

제2부 철사랑

제3부 **소원**

제4부 마음과 눈물의 부피에 대한 상관관계

제5부 일상의 소중함으로

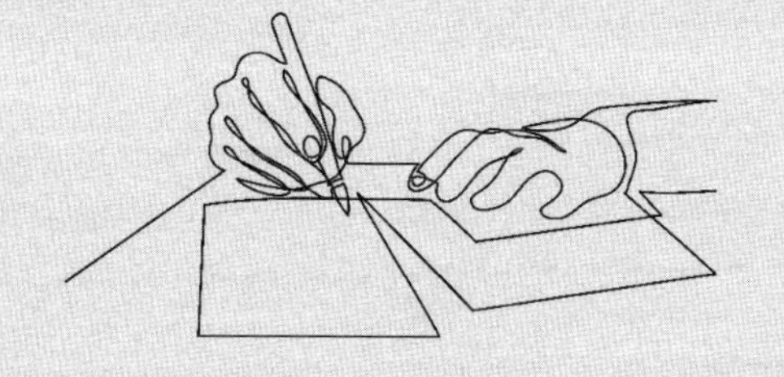

제 1 부

짝사랑

첫사랑

아무것도 몰랐기에
그럴게밖에 못 했던

아무것도 할 줄 몰랐기에
마음만이 전부였던

추억 한 방울 떨어지면
쓰나미 되어 차오르는 애틋함

가장 순수했고 아파야만 했던
가장 아름다웠던 그 시절

내 첫사랑

고백 1

무슨 말이 필요하겠습니까
당신이 존재한다는 것만으로 행복한
이 나에게

썩어서 구멍 난 마음을
당신의 존재로 메우고
당신의 사랑으로 채워서
다시 태어났습니다

이제 다시 여행을 떠납니다
언제일지 모를
당신과 함께할 시간 속으로

외로움

강아지풀

언덕을 덮은
자줏빛, 순색의 풀들

주위를 감싼
색 바랜
주홍색, 연녹색 이파리들
… ….

언젠가부터
애인이 되어버린
깊은 하늘
가을바람

추억처럼 떨어지는
낙엽들
그 안의 나무그늘

거기에 제가 있습니다
생각 속의
연인과 함께

꿈에서 깬 후

꿈속에서 너와 나는 부부가 된다
우린 말을 트고 지내기에 어려움이 없다
내 아내가 된 너는
나의 어머니가 되기도 하고
나의 딸아이가 되기도 하고
나의 동갑내기 친구도 된다

현실의 너는 나보다 두 살 아래다
이곳에서 우린 타인이 된다
나를 존칭해주는 너는 너무 애교스럽다
이곳의 우리에 한숨만 짓는다

짝사랑

한 남자가 있었습니다
한 여자를 사랑하게 되었습니다
그 후론 그녀의 뒷모습만 보았습니다

뒷모습까지 사랑하게 되었습니다
긴 생머리 활발한 걸음새 그리고
그림자까지도

뒷모습만 봐도 마음을 알게 되었습니다
그녀가 기쁠 때나 슬플 때면 그림자를 안아주며
함께하던 그 사람

이렇게 기도합니다 이제
그녀가 뒤를 돌아봐주기를
그의 사랑이 이루어지기를

외톨이의 시

편지
편지는
사람의 마음을 담는다죠
여지껏의 제 편지처럼

편지
편지는
보내는 사람의 마음을 담는다죠
가기만 하는 제 편지처럼
오지 않는 그 사람의 편지처럼

1999年 6月 26日

바람에 안겨
당신의 품을 느끼고

장마철의 밤하늘
먹구름 사이로 보이는
어둠

그 막막함에서 비춰오는
아늑한 별빛 하나… …
아늑한 별빛 하나

바로 제가 느끼는
지금의 제 사랑입니다

너(외사랑…)

저 달이
손끝에서 멀 듯이

언제나 그 자리
그만큼의 거리

손끝에서
아득하기만 한 너

착한 사랑

너무 아픕니다

이렇게 버릴 뿐입니다

훗날, 나와 함께였으면

단지 있어주기만 했으면 하는 바람으로

지금은 이렇게 버리고 있을 뿐입니다

슬픈 생각 1

함께 앉던 그 자리를 지날 때
잠시 내 생각을 해주었으면

함께 걷던 그 자리를 지날 때
잠시 내 생각을 해주었으면

하루의 그 수많은 눈 깜박거림 중 한 번만
그곳의 우리 생각을 해주었으면

슬픈 생각 2

추억이 없었다면
외로웠을 겁니다

그리움이 없었다면
외로웠을 겁니다

외로움조차 없었다면
더욱더 외로웠을 겁니다

슬픈 생각 3

사랑은 벽입니다

오르려 하면 흐르는 눈물에 미끄러지는

당신의 사랑은 벽입니다

기다리겠습니다

사랑이란 벽이

눈물에 잠길 때까지

아픔의 시

무슨 이유가 있어
당신을 사랑하겠습니까
단지 당신이 세상에
있기 때문
그뿐입니다

사랑이 힘든 것은
무엇 때문인지 아십니까
이런 나를 모르는
당신이기 때문입니다
사랑을 죄로 만들어버리는
당신이기 때문입니다

보내지 못한 편지 1

당신을 생각한다는 것이
왜 이리 죄스러울까요

당신을 생각하며
이렇게 살아가는 것이
왜 이리 죄스러울까요

당신을 생각하며
이렇게 시를 쓰는 것이
왜 이리도 내겐 죄스러울까요

보내지 못한 편지 2

당신의 밝음을 사랑합니다
그래서 당신 곁에 있을 수 없습니다

나의 사랑은
당신의 밝음을 퇴색시킬
어둠이기 때문입니다

당신의 밝음이 주는
그림자로 함께하겠습니다

낮잠 1

따스함
새소리
푸근한 바람

현실과 꿈의 경계선

내가 있는 이곳이 현실인가
내가 보는 내가 진짜 나인가
내가 하는 호흡이 이 세상의 것이란 말인가

어서 깨어났으면
너의 어깨 위에서
어서 깨어났으면

제 2 부

철사랑

고백 2

나에겐 두 명의 아픈 사람이 있습니다.

풋풋한 소년의 티를 벗어가던 내게

처음으로 마음을 내어주었던 여자.

어른이 되어가는 준비를 하던 내게

풋풋함과 밝음으로 들어와 앉았던 아이.

그 여자의 눈빛과 그 아이의 미소와 마음을 닮은 당신.

당신을 볼 때면 그들 앞에 서있는 나를 보곤 합니다.

후회 속에 살던 그날들의 나를 만나

이제는 아픈 사랑으로 만들지 않겠다고

다짐하고 다짐하고 돌아옵니다.

이런 사랑도 있는 거라고

그날들의 내게 미소 지으며.

보낼 수 없는 편지 1

당신을 처음으로 알게 되었던 그날.
내 인생의 그 첫 설레임을 기억합니다.
그날 후로 당신으로 인해 행복했던 순간도 있었지만,
당신으로 인해 힘들었던 순간도 있었습니다.

지난 인연들이 후회될 때면 착해빠졌던,
순수하기만 했던 당신을 원망도 했었습니다.
어느 날에는 당신이 고장 났나 생각한 적도 있었고,
당신을 내 안에서 내쫓고 싶은 적도 있었습니다.
허나 그런 당신이 자랑스러웠던 적도 있었습니다.

그런 당신의 실수였나요, 나의 실수였나요.
나와 당신 사이에서 태어난, 우리 분에 넘치는
뭐라고 형용할 수 없는 이 성聖스러운 아이.

어쨌든 당신에게 한 번쯤은 사과하고 싶었습니다.
이런 식으로 힘들게 할 일은 이제 없을 줄 알았는데,
또, 당신이 상처받게 만들어버렸습니다.
이렇게 되어버려 미안합니다.

내가 당신의 주인이라고 생각한 적도 있었고,
당신이 나의 주인이라고 생각한 적도 있었습니다.
하지만 나 없인 당신이 있을 수 없고,
당신 없인 내가 있을 수 없음을 알고 있습니다.

하필이면 내 안에 들어와
고생만 하게 해서 미안합니다.
당신이 의지할 수 있는 내가 되도록 하겠습니다.
앞으로도 지금까지처럼 잘 부탁합니다.

너와 나 사이의 거리

같은 하늘 아래 있지만
서로 다른 하늘을 보고 있는
너와 나의 거리

옆에 있어도 멀기만 한
곁에 있어도 그립기만 한
너와 나의 거리

옆에 있어도 말보다 글이 편한
곁에 있어도 목소리가 그립기만 한
너와 나 사이의 거리

너를 그리며 만나는
이 새벽이 반갑기만 한
가을의 끝자락

너를 그리며 만나는
이 새벽을 즐겁게 만드는
그만큼의 거리

혼자 한 이별

어디까지나 혼자 시작한 사랑이었기에
어디까지나 혼자 해야만 하는 것이었기에
원할 수 있는 것은 아무것도 없었다

이기적이자고 마음먹었었다
나는 너에게 처음
편지 써준 남자로
춤추자고 한 남자로
차문 열어준 남자로
약을 사다준 남자로
사랑을 말한 남자로
위로 받은 남자로
꽃을 선물한 남자로
이벤트 해준 남자로
감동을 준 남자로 그렇게
너의 처음들이 되기로 했다
내 사랑이 욕심낼 수 있는 것은
그 정도뿐이었기에

편지를 주던 날들의 걱정이 떠오른다
편지를 주던 날들의 설렘도 떠오른다
편지를 받던 날들의 감정들도 떠오른다

내게 곁에 있음을 허락하는 대신
문자와 음성을, 나의 표현을 빼앗은 너
그날부터 내 사랑이 할 수 있는 것은
바라보는 것과 숨기는 것뿐이었다
너를 생각하는 내 마음이 너무 불쌍해서
나를 생각하는 네 마음이 너무 속상해서
시작도 혼자 한 것이기에
끝도 혼자 맺으려 한다
상처 줄 수 없음에 속상하고
상처 받지 않을 것도 알기에
그래서 다행이라 생각하는
못난 내게 또 화를 내며
이제 여기까지만 하자,
혼자 한 사랑아

그렇게 이별(이별의 순간)

한걸음
한걸음
저기 네가 온다
저편에 네가 온다

한걸음
한걸음
너를 외면하는 나
나를 외면하는 너

눈 피할 곳을 찾던 너는
이내 눈을 맞추어 버리고는
시간을 멈추어 버린다

망설이던 나는
너의 눈동자를 따라
멈춰진 시간 속으로 끌려간다

그 추억의 터널 안에 새겨진
가깝기도 했고 멀기도 했던
너와 나의 대화들과

너와 나의 모습들

그 짧지만 긴 시간 동안
그렇게 많은 걸 말해주고
그 길지만 짧은 시간 동안
그렇게 모든 걸 보여주고

그렇게 지나쳐 간다
그렇게 스쳐 간다
그렇게 이별.

구름

맑은 하늘 산등성이에 구름 그림자 지는 날이면
그대 그리워 내 얼굴에는 그늘이 지는 날임을
그대 기억 속 나를 한번 떠올리길 바란 날임을

맑은 하늘 그대 위로 구름 있는 날이면
내 안에 그리움이 몽실몽실 피어오른 날임을
그렇게 그대 만나러 간 내 그리움임을 알기를

길 위에서

똑딱. 똑딱.
비상 깜빡이 소리에 최면에 빠지듯 회상에 잠긴다.

운전면허 필기합격은 따 놓은 당상
시험 보기 며칠 전
책값 아낄 생각으로 오랜만에 들른 헌책방
30분은 걸어야 했던 중학교 그 시절
친구들 덕에 처음 알게 되었지
보물찾기하듯 깨끗한 책 찾아가며
순수하고 재밌게 공부했었는데

코스 연습하기 위해 오랜만에 찾은 고등학교
T코스 S코스 그려가며 연습하다 보니
어느새 어둑해진 하늘
눈을 돌려 학교 창가를 보니 입시 준비에 지쳐가던
종 치면 뛰어나오려 운동장을 바라보던 내가 보였네

몇 번의 실패 후 드디어 들어간 대학교
그리고 꿈에 그리던 첫 차
산전수전 다 겪은 연식 있는 중고차
나를 보는 듯하여 금세 정이 들었지
그리고 떠났던 첫 장거리 여행과 그 설레임
그것은 또한 첫사랑의 설레임이었네

낑낑대며 운전했던 눈 내리던 겨울 산의 오르막길
올라갔다 싶으면 낑낑대며 내려와야 했던
꼬부랑 내리막길
그것은 마치 성인이 되기 위한 많았던 고민의 날들
선배들과 보냈던 밤샘 술자리에서의 성장통 같았네

들어갈 때면 깜깜해져 긴장되던 터널처럼
그렇게 들어간 군대
밝혀주는 터널의 조명처럼
청춘을 태워서 찬란하게 빛내주던 열정
눈 깜박할 새에 지나는 터널처럼
그렇게 흘러간 군 시절
동트기 전이 가장 어둡다고 했던가
터널을 나오니 확 트인 대로

말끔하게 빠진 양복을 입고 출근한 설레던 첫날
말끔하게 빠진 세단을 타고 출근한
새 차 냄새가 어색하던 그날
초년생에겐 벅차기만 하던 날들
부족함을 숨기듯 아침 치장은 길어져 갔고
그렇게 내 차의 외장이 반짝이는 날들 또한
길어져만 갔네

내비게이션만 바라보며 달리던 어느 날
따릉따릉! 다급한 듯 경고등이 들어와
휴게소에 들렀지
그곳에서 만난 내 차에 기름을 채우듯
내 안에 마음을 채우던 너
머물 수 없는 곳이기에
운전 중의 해프닝이란 생각으로 떠나왔네

똑.

  딱.

    똑.
      딱.
비상 깜빡이 소리에 최면에서 풀리듯 눈을 뜬다.

눈을 돌리니 비어있는 옆자리와 뒷자리
이제야 보이는 내 삶의 빈자리들

마음을 태워서 공부하고
마음을 태워서 사랑하고
마음을 태워서 이뤄내고
마음을 연료 삼는 내연기관처럼
그렇게 인생을 달려온 나

목적지에 가던 중 생긴 해프닝이라지만
결론 내지 않은 마음인데 어찌 끝낼 수 있을까
인생의 성공은 인생의 최종목적지는 그것이 아니다
나의 내비게이션,
그리움의 지침과 시침을 너로 맞춘다

내 삶의 시작은 지금이다
너를 향해 출발
바로 지금

서사의 끝

처음엔 사소한 것들로 시작해
어느새 큼직한 보물들로 가득 찬
한 명씩 들어와 주인이 된 방이 있었다.
철이 드니 그 방에 손님이 찾아오기 시작했다.

손님은 그 방에 벽을 덧대어
파릇한 사랑방을 만들어 머물다 갔고
네 번째 손님이 떠나갔을 때엔
그 방보다 사랑방들의 평수가 더 커져 있었다.
떠나갈 때는 보증금을 받아가듯
각자의 모양으로 천장에 구멍을 내었고,
비가 올 때면 그 구멍들로 새어 들어왔다.
때론 뚝. 뚝. 때론 펑펑.

한참 후에야 수리공이 왔고,
사랑방들 곳곳을 다니며 수리하기 시작했다.
한참을 수리하던 그는
완벽히 수리할 수 없음에 함께 머물기로 했고,
이내 주인이 되어 모든 방들의 벽들을 허물고
집을 이루었다.
함께 수리해나갔지만 때론 새는 날도 있었다.

오랜만에 손님이 찾아왔다.
한참을 머물던 그는 천장의 구멍들을 보고는
그것들의 주인인 듯
각각의 조각들을 꺼내어 천장의 구멍들을 막았고
더 이상 비가 새는 날은 없었다.
떠나간 형상들을 본 듯
이제야 안정된 집을 뺏길까 그를 쫓아내 버렸다.

아무 말 없이 쫓아낸 게 미안해 다시 문을 열었지만
이미 떠나고 없었다.
결국 용서를 구하기 위해 집을 나섰고
몇 번의 계절이 바뀌었다.
엇갈림의 반복이란 걸 알게 된 후 결심했다,
다시 찾아오도록 집을 가꾸자.
돌아왔을 때 편히 쉴 수 있도록,
이런 준비가 그에게 가닿도록 열심히도 가꾸었다.

몇 번의 계절이 바뀐 후
한적함을 깨고 들려온 소리. 똑똑.
의아함에 문을 열자 갑작스레 소낙비가 내렸고,

집 안은 흥건히 젖어버렸다.
다시 보고 다시 봐도 꿈처럼 서있는 그 사람.
추억은 이어갔지만 세월은 흘러있었고,
정신을 차려보니 어느샌가 주인들은
집 밖에 나앉아있었다.
혼자 들어앉은 그는 자기는 과거의 형상들이 아닌
현재의 자기 자신이라며 문을 걸어 잠그고
천장에 자신만의 구멍을 낸 채 아무도 들이지 않았다.

울부짖기 시작했다.
어쩌란 말이냐,
집안사람들 다 쫓아내고 너만 들어앉아있으면.
그 사람들에게 죄인으로 만들어놓고
얼굴도 안 내비치면 어쩌란 말이냐.
울부짖음은 멈추질 않았고
잠긴 문틈으로 빗물이 새어 나오기 시작했다.

눈물도 목소리도 나오지 않게 돼서야 그가 나왔다.
마음 맞는 친구이기를 바랐을 뿐

이 집의 주인이 되고팠던 적은 없다고,
하지만 이해한다고.

천장의 구멍은 두고 가니
비가 샐 때면 찾아오라고 언덕을 가리켰고,
그 언덕 위로는 아련히 무지개가 떠있었다.

무지개

내 마음 위에 눈물이 내려 생긴 무지개

한눈에 시작됐던 마음
미쳤나 싶어 버리려 했던 마음
불치병 약을 찾아 헤매는 심정으로
이름을 찾아 헤매었던 마음

내 기다림 위에 눈물이 내려 생긴 무지개

도망치고 도망쳐버렸던 나
도망치고 길을 잃어버렸던 나
내 가슴에서 시작된 후회의 무지개가
네 가슴에서 용서의 다리로 닿기를 기다린 나

내 믿음 위에 눈물이 내려 생긴 무지개

기다림의 순간들은 반드시 만남의 순간으로 온다
그 순간이 왔을 때 반복되지 않도록 후회하지 않도록
다듬고 단련하여 그 순간을 놓치지 않도록
삶을 통해 알고 있었지만 너무나 간절했던 믿음

내 기도 위에 눈물이 내려 생긴 무지개

왜 내 앞에 다시 데려다 놓으셨을까
왜 네 앞에 다시 데려다 놓으셨을까
이유를 묻고 싶지만 단지 기도드릴 뿐
뜻대로 인도하시고 이끌어 주시옵소서

내 사랑 위에 하늘이 만들어준 무지개

하늘이 예고 없이 내려주신 선물 무지개
하늘이 다시 또 내게 주신 선물 무지개
그대는 그렇게
내 사랑 위에 다시 또 피어난 무지개

기억의 주인

가을바람은 마법의 양탄자
가을바람이 불면 그때 그곳으로 데려다 놓는다
가을냄새와 습도가 살살 문지르면
어느새 연기에 둘러싸여 그때 그곳에 서있는다

6월의 끝자락 열기 섞인 습도의 새벽공기
1년 전 맡았던 벽지 뒤에 숨어있던 오래된 나무냄새
짹짹짹 새소리와 찾아오는 청명한 하늘과
구름 그림자 바다 무지개
찌르르 풀벌레 소리와 설레는 습도의 가을 냄새
바람 그리고 달

어느덧 계절마다 장소마다
기억의 주인들이 들어앉아있지만
저들 기억의 주인은 너예요
우리가 함께했던 니를 그리며 고백을 만들어갔던
그곳들 기억의 주인은 너예요

이 시기가 오면
나의 일상은 그때로 돌아가 반복된다
나의 계절과 대중가요는 그때부터 멈춰져 있다

그리움은 나를 슬프게 하는 말
추억은 나를 기쁘게 하지만
추억은 나를 슬프게 하는 말

아플 걸 알지만 기다려온 나를 알까요
아플 걸 알지만 기쁜 마음으로 기다릴 나를 알까요
바람이 있다면 그대는 추억으로 남는 사람이 아니길
그리울 때면 즐거운 마음으로 볼 수 있는 사람이길

내년에도 이 계절은 찾아오겠죠
그리고 다음 해에도
그다음 해에도

그리움 1

별들을 따라 문을 그려

이 하늘의 저편에 있는 너에게 가고 싶다

그리움 2

블랙홀에 빨려 들어가 소멸되듯

구멍 난 마음에 빨려 들어가 쪼그라져 가는 육체

그대의 부재로 인한 공백에 메말라가는 자아

그리움은 그렇게 나를 소멸시켜간다

나의 달, 나의 은하, 나의 우주여

어서 와 나의 존재를 지켜다오

1

1마다 1백 킬로미터씩 멀어지는
늘어나는 1의 개수만큼 멀어지는 거리감
1마다 1백 킬로그램의 무게로 쌓이는
읽지 않아 늘어나는 1의 개수만큼 쌓이는 불안감

멀리서 그렇게 짓눌러놓다가도
"넵" 한걸음에 나타나 들어올리는
한 글자로 설레게 만드는
세상 유일한 사람

그대라는 무지개

그대 내려오는 언덕
한 걸음 한 걸음
그대 걸음의 시작에서 끝까지
걸음걸음 겹겹이 쌓여 무지개가 뜨네

석양 지는 언덕
내려오는 어둠과 함께 내게 오는 너
수줍은 소년의 고백을 하게 만들어버리는 너
어둠을 뒤로하고 무지개가 뜬다
밤에 무지개가 뜨던 그날

운전 중 시작된 빗줄기
계획에 어깃장 놓는 타박타박 빗줄기
허나 다시금 용기 내게 만들어버리는 너
우산 속으로 한걸음 허락하는 너
빗속에 무지개가 뜨던 그날

점점이 하얗게 변하는 시야視野
고요를 새하얗게 채우는 함박눈 내리는 소리
뽀드득 뽀드득 새하얀 그 길에 첫걸음들을 찍으며
성탄절 선물처럼 내게 오는 너
함박눈 속에 무지개가 뜨던 그날

밤에 뜨는 무지개
빗속에 뜨는 무지개
함박눈 속에 뜨는 무지개

그대를 만나러 가는 길들은
동화 속 주인공이 되어
전설 속 무지개들을 찾으러 가는
환상 속 길들을 걷는 것 같았지

하지만 현실 속 그대는
가도 가도 닿을 수 없는 수평선
그 위로 떠있는 무지개였음을

처음부터 나에겐
잡힐 듯 잡힐 리 없는
그저 아련하기만 한 무지개였음을

새해 첫 편지

살아가다 보면 늘 좋을 수만도 늘 나쁠 수만도 없지만
일 년 후 다시 오늘이 와서 지난 시간을 되돌아봤을 때
행복했던 기억들의 많은 순간들에
미소로 함께했었기를
아파했던 기억들의 모든 순간들에
위로로 옆에 있었기를 바라봅니다
올해 나의 첫 안부인사는 이렇게 그대를 향합니다
주님의 뜻과 계획 안에서 축복받는 한 해가 되기를
Happy New Year

어느 날인가의 새벽

문득 낮에 보았던 동료의 눈빛이 떠오른다
온정이 배제된 기회포착을 위한 사냥꾼의 그것
사람의 눈에서 사람을 알 수 있다는 것은
때론 힘들다

그대 눈에 눈동자 속 그 안에 비춰진
나를 봤던 그날
그대 안에 들어가 그대 눈으로
나를 보고 싶다는 생각이 들었던 그날
같은 시간 같은 장소에 있었지만
같은 시간 다른 생각에 있었던 그날

갖고 싶지만 가질 수 없고
가져서도 안 된다는 것을 아는 것
갖고 싶어 하는 자아와
가져서는 안 된다는 자아의 충돌
그 충돌의 접선에서 굳건히 버텨주는 그대

내가 그대 눈에서 본 것이 무엇인지 그대가 알까
내가 본 것이 맞나
그대 안에 들어가 그대 눈으로 나를 보고 싶다
내가 본 것이 맞으면 어쩌나
그 생각에 도달해서야 사고의 진행을 멈춘다

유행하는 사소한 표현조차
그대에겐 진심이 돼버리기에
그러한 일상의 사소함조차
포기하는 슬픔을 그대가 알까
그럼에도 그렇게라도
보고픈 마음을 알아주는 그대가 고맙다

가슴이 아리고 사랑이 애달프다
살기 위해 꺼내고 싶지만
무지함에 갇혀 사장된 시어와 시구여
할 수 있는 거라곤 그저
이불 속에 버려져 눈물 흘리는 것뿐

그리움 3

온 세상은 생명 가득한 푸르름인데
내 세상은 생명 따위 없는 잿빛사막이네

맑은 하늘의 구름을 보니 그때의 대화가 생각나고
밝게 빛나는 보름달을 보니
그대와의 추억이 떠오르네

구름 없는 세상일 수 없는데 잊을 수 있을까
달빛 없는 세상일 수 없는데 어찌 잊을 수 있을까

그리움을 몽실몽실 띄워 보내
그대 가는 길 그늘을 내려주면 내 생각할까

그리움을 몽실몽실 띄워 보내
눈물로 그리움의 무지개 띄워주면 내 생각할까

그리움을 몽실몽실 띄워 보내
그대 눈 닿는 산등성이에
구름 그림자 보여주면 내 생각할까

그대여 내 안의 사막에 생명의 비를 내려
희망의 무지개를 띄워줄
생명수 가득 채운 구름을 보내다오

그대 생각에 몽실몽실 피어오른 그리움
아침 햇살에 윤슬 되어 그대 방향으로 흘러가네

天罰 1

무지개를 사랑했네
그 사랑에 그 가질 수 없는 것에 눈이 멀어
그만 선을 넘어버렸네

넘지 말아야 할 선을 넘어버려
넘었던 선들이 올올이 눈가리개 되어
선의 이쪽에서 무지개맹盲이 되어버렸네

다른 이들에겐 다 보이는 무지개
바로 옆에 있는 이들도 보이는 무지개
선의 이쪽에서 무지개맹盲이 되어버렸네

기나긴 장마기간 하늘이 개일 때면
선의 저쪽에선 무지개 떴다 아우성이지만
선의 이쪽에선 여전히 무지개맹盲이네

하늘을 기웃대던 날들
드디어 꿈속에서 무지개를 만났네
어느 날은 들판 여기저기 들꽃처럼 피어있기도 했고
어느 날은 흐린 하늘 구름 밑에 숨어 떠있기도 했네

어릴 적 놀던 놀이터 입구에 무지개가 뜨던 그날

이편에서 저편으로 부채처럼 갑자기 펼쳐진 무지개
네온사인처럼 밤 골목을 환히 비추던 선명한 무지개

너무나 또렷한 모습에 잡힐까 손을 뻗었지만
홀로그램처럼 투명히도 잡히지 않던 무지개
무지개는 꿈속에서조차 손에 잡히지 않았네

그제서야 알았네 무지개는 그런 존재임을
욕심내선 안 되는 소유할 수 없는 존재
선의 저편에서 바라만 봐야 하는 존재임을

반시계 방향의 회전 교차로
저 교차로 따라 돌면 시간을 되돌려
선을 넘기 전 그날들로 돌아갈 수 있을까

이 천벌의 형량은 얼마큼일까
이 눈가리개는 언제쯤 사라지려나
너무나 보고픈 무지개

사량도

한 발자국 한 발자국
지리산 가는 길
그대를 묻는다

한 발자국 한 발자국
기억에서 그대 추억을 묻는다
버릇 같던 그대 추억을 묻는다

절벽을 기어오르는 네발짐승
네발에서 그대 체온을 묻는다
버릇 같던 그대 체온을 묻는다

한 발자국 한 발자국
가마봉 가는 길
그대를 묻는다

한 발자국 한 발자국
내 입에서 그대 숨결을 묻는다

버릇 같던 그대 숨결을 묻는다

하늘 구름 섬들에 둘러싸인 바다
넋을 빼앗은 풍경에 그대도 빼앗아 가라고
버릇 같던 그대 얼굴을 수장水葬한다

한 발자국 한 발자국
옥녀봉 가는 길
그대를 버린다

출렁다리 위 덮쳐오는 해무海霧
살을 씻고 가는 습운濕雲에 그대를 버린다
버릇 같던 그대 체취를 버린다

출렁다리 위 끝까지 버티고 있던
그대 이름을 흔들어 버린다
호흡 같던 그대 이름을 버린다

한 발자국 한 발자국
집으로 돌아가는 길
그대를 지운다

한 발자국 한 발자국
내 삶에서 그대 존재를 지운다
내 삶이던 그대 존재를 지운다

한 발자국 한 발자국
사랑도를 떠나오며
외롭게 만들던 그를 지우고 온다

그대 아나요

그대 아나요
사랑에도 크기와 부피가 있음을
그대 그리워한 날이면
정작 주인들에겐 주지 못해 죄인이 되었음을

그대 아나요
살기 위해 시를 썼음을
살기 위해 멍울을 도려내듯이
살기 위해 마음을 도려낸 것이 시였음을

그대 아나요
그대에게 건넨 선물들은 절망으로 돌아왔음을
그대 미소 보기 위해 건넸지만
초점 없는 무심한 모습에 절망으로 돌아왔음을

그대 아나요
그대에게 아무것도 바라지 않았음을
하지만 실로 아무것도 오지 않자
이전의 사소함조차 소중함이라 깨달았음을

그대 아나요

그대 향한 사랑은 저주였음을

허락되지 않는 것을 갖고 싶게 만드는 금단의 저주

그대와의 대화는 저주를 걸어버린 주문이었음을

그렇게 가질 수 없는 것에

가져서는 안 될 것에 저주를 걸어

몇 날 며칠 몇 달 몇 해 동안

마음 위에 낙인으로 각인되었음을

그대 아나요

그대 향한 편지는 저주임을

편지의 시들과 장소들이 주문이 되어

먼 훗날 나를 그립게 만들 저주임을

짝사랑천재

역시 당신은 다 알고 계셨어요
나의 걱정까지도 정확하게
역시 나의 눈은 틀리지 않았어요
당신 눈에서 본 것들이 사실이었음을

어찌 끝내야 하나
어찌 잊을 수 있을까 걱정이었는데
그조차도 확실히 해내게 해주는 당신

당신만 믿고 시작한 사랑이었는데
당신이 이끄는 대로 따라가자 했는데
역시 그러길 잘했어요

그토록 밉던 당신이었지만
결국 일주일도 안 돼 용서하고만 나였어요

짝사랑을 닮은 당신이기에 당연스레 사랑에 빠졌고
짝사랑을 닮은 당신이기에 짝사랑일 수밖에 없음을
그럴 수밖에 없는 운명이었음을 이제야 알아요

깨진 그릇이었나요
그런 줄도 모르고 소중히 담고 있었는데
깨트릴 생각만 한 것은 아니었나요
괜찮냐고 물을 때면 늘 괜찮다고 했는데

짝사랑은 끝나지 않아요
이뤄지지 않았기에
단지 멈추고 견뎌낼 뿐

언젠가 우리 편히 만날 그날
대화를 본드 삼아 깨진 그릇을 붙여
우리들 잠겨 있는 눈물 다 퍼내도록 해요

가을

불어오는 바람
낙엽이 탭댄스를 춘다
가을이다

그때의 노래가 이젠 슬프지 않다
이별이 지나갔다

맺혀 있던 것이 떨어졌다
지나간 이름이다

꾹꾹 누른 뚜껑을 비집고 몽실몽실 새어 나온다
결국 다시 가을이 와버렸다

구름을 빗질해
하늘에 가르마를 타놓으셨다
가을이다

철사랑

낮과 밤이 섞이고
계절의 경계가 모호한
이 시기 이 시간

설렘 돋는 하늘
그리워 분홍해진 구름
그리움이 덧칠된 우리 거리

눈에 분홍빛이 가득 찬다
가슴에 분홍빛이 가득 찬다
마음에 그리움이 가득 차오른다

떠나기 전 며칠을 내리 꿈에 나온 당신
이맘때 한 통의 편지로 극적으로 돌아와
이맘때 한 통의 편지로 떠나간 극적인 당신

기별 없어 오지 않나 했지만 어김없이 온 당신
이맘때면 정확히 찾아왔다 정확히도 떠나가는
철새처럼 찾아왔다 떠나가는 철사랑, 당신

시간을 넘어

얼마만큼의 용기가 필요했는지 이미 알고 있기에
얼마만큼의 고민이 필요했는지 너무나 잘 알기에
이걸로 그대는 다해줬다고
돌아와 준 그 순간 결심했었다

절대로 힘들게 하지 않겠다고
절대로 바라지도 않겠다고
절대로 혼자만 하겠다고
돌아와 준 그 순간 결심했었다

허나 볼수록 깊어지는 공허함과 슬픔은 버거웠다
내 앞에 서있는 그대를 볼 때면 불안함뿐이었다
내 눈을 외면한 현실 속 그대를 만나고 올 때면
내 눈은 외로이 사진 속 그대와 눈을 맞추었다

난 널 사랑하기 위해 노력했다
나의 사랑을 지키려 노력했다
나의 사랑은 그래야만 했다
돌아와 준 그 순간 결정됐었다

다시 한번 다짐하고 되뇌인다
나의 사랑은 이래야만 한다고
먼 훗날의 사랑일 수밖에 없는
아플 수밖에 없는 사랑이어야 한다고

지금의 나의 사랑은
먼 훗날 그날을 위한 인내의 사랑이어야 한다고
시간을 넘어 이루어져야 하는
서로 다른 시간에서의 사랑이어야 한다고

10년, 20년 후 당신이 외롭고 힘든 어느 날
사진 속 나를 그날의 당신이 떠올릴 수 있었으면
지금의 나를 먼 훗날 그대가 떠올리는 그날
편지 속 지금의 나를
먼 훗날 그날의 당신이 사랑해주었으면

파릇이 피어난 어린 꽃을 보고 회상하였지
너처럼 파릇한 사람을 사랑한 적 있다고
너처럼 꽃 같은 사람을 사랑한 적 있다고

그대여 지금은 어떠한가
나로 인해 울어본 적 있는가
그날의 나를 만나본 적 있는가

시간을 넘어 그날의 나를 만나
나의 사랑을 이해해줬으면
시간을 건너 편지 속 그날의 나를 만나
눈물 흘려줬으면

그토록 듣고 싶던 한마디, 사랑한다고 말해줬으면

사랑해줘서 고마웠다며 기다리느라 고생했다며
눈물 흘려주기를
듣진 못할 테지만 편지 속 그날의 내게
사랑한다 말해주기를
꿈속에서만 들을 수 있었던 그 말,
사랑한다고 말해주기를

너무나 그립지만 보려 하지 않겠다
나는 그때의 나로 지금에 있겠다
나의 사랑은 그래야만 한다.

天罰 2

가져온 것을 원래 있던 곳에 두어야 사면되는 벌

사랑과 그리움을 버림으로 허락될 그 어느 날

마음을 버림으로 마주칠 그날의 우연한 목도目睹

그대를 잊음으로 그대를 볼 수 있다는
모순을 살아내는 것

내게서 시작되어 나만이 끝낼 수 있는

미결된 형량의 벌, 천벌

기다린다

똑똑
떠나려는 마음에 노크를 했던 그날
열어주지 말았어야 했다 떠났어야 했다

훌훌
흐르는 시간에 상처들 다 씻어 보내고
처음 봤던 그날의 설레던 좋았던 기억들만 남기를

툭툭
방황하는 어깨를 두드리는 그날이 오기를
등 뒤에 그대가 서있는 또 한 번의 기적을 기다린다

제 3 부

소원

초소 근무 서던 날

보일 듯 말 듯
애써 숨기려다 못한
그녀의 보조개처럼

추위에 움츠러든 뒷모습
처진 발걸음
그리움을 쫓듯 늘어진 그림자

초승달과 함께한 새벽

자화상 1

어항 안의 금붕어.

작은 틀에 갇혀

그것이 세상인 양 맴도는 금붕어.

벗어나려 하면

안 보이는 벽에 부딪혀

거기에 비친 자기를 보는 금붕어.

그것이 우리의 자화상이 아니겠는가

나그네의 詩

여행 중 탄 버스의 시계
시간은 멈추었다

좌회전 시 4시 25분
우회전 시 6시 25분

그때 뭘 하고 있었지
그때 뭘 하고 있을까

책상 위의 일기장
1997년 8월 10일
하지만 지금은
2000년 6월 4일

나의 존재가치는 무엇인가
시간 속을 헤매는 나는

겨울나무 아래에서

이 앙상한 나뭇가지도
따스한 햇살을 맞으며
풍성함과 싱그러움을
내뿜은 적이 있겠지

저 많은 가지들처럼
내게도 엇갈린 갈림길이
많았겠지

하지만 저 엇갈린 가지들도
맑은 하늘을 향해 뻗어가는걸
따스한 봄날을 기다리는걸

지금은 춥고 앙상하지만
하늘을 향해 뻗어가면
내게도 오겠지

따스한 햇살 맞으며
싱그러움을 뽐낼 날이
내게도 오겠지

소원

나의 눈길이
햇살처럼 따스했으면
나의 미소가
바람처럼 푸근했으면
나의 얼굴이
보름달처럼 환했으면

아이들과 함께일 때
아름다울 수 있었으면
맑은 하늘, 풀밭에서
죄스럽지 않았으면

사람들의 그림자
그 그림자를 비출 수 있는
빛이 되었으면

수평선

바다와 하늘이 만난다는 그곳
그곳에는 어떤 이야기가 있을까

가도 가도 닿을 수 없는 그곳
바다가 하늘이 되고파 찾아가는 그곳

나도 바다가 되면
하늘에 닿을 수 있을까

오늘은

내 위로 맑고 깊은 바다가 있네

파도를 닮은
잔잔한 물결을 닮은
파도 거품을 닮은

깊이를 모를 맑은
바다가 있네

바다에 보름달이 있네

성령이 깃든
하얀 면사포를 쓴 여인의
환한 얼굴처럼

구름에 비치는 밝은 달빛
마치 그녀를 보는 듯

태어나서 가장 아름다운
밤하늘을 맞이했네
까치가 울어준 비 갠 하루

자기위로

맑은 호수
수면에 비친 자신을 볼 때
맑은 하늘
눈부신 태양을 바라볼 때
부끄럽지 않다면 괜찮은 것이다

사랑함에 있어
자신의 모자람을 안다면
밤바람, 담배 한 개비에
자신의 죄스러움을 안다면
괜찮은 것이다

밝은 달빛 아래
그리워할 이가 있다면
출렁이는 풀밭, 벤치에 앉아
외로이 떠올릴 아름다움이 있다면

그래
아직까지는 괜찮다는 것이다

담배 1

그래
다 날아가 버려라
내 안 깊은 곳의 지저분한 것들이여
다 날아가 버려라

담배 2

담배처럼 살고 싶다

타면은 재가 되어

바람에 없어질지라도

마지막까지 붉은빛을 내며

타오르는 담배처럼 살고 싶다

담배 3

깊은 고뇌만큼
깊이 빨아들인다
깊은 한숨만큼
깊이 내뱉는다

그리운 사람들
사랑하는 사람들

내 안 깊은 곳의 그들이
흰 연기에 묻어나와
내 앞에 아른거린다

그리고
내 영혼과 육체를
흔들어 놓는다
넌 결국에 그런 놈이라고

달에게

인적이 끊긴 한밤
홀로 비추이는 자태는
사람들을 깨울 만도 하건만

화창한 아침
처량해진 얼굴은
밤새 외로움에 반쪽이 되었구나

하지만 말이다
장마철의 먹구름 너머
투명한 모습은

험난한 삶을 사는
이곳 우리네에겐
아련한 희망이란다

독백 1

지금의 일들이 지난 옛일처럼
스쳐 지나가는 건 무슨 이유일까
후회와 미련으로 살아가기 때문이야

죄인처럼 머리 숙이고 마음 졸이는 이유는 무엇이냐
미안해하며 사는 이유는 무엇이냐
그래. 넌 죄인이기 때문이야
지금껏 죄만 지어왔기 때문이야

그럼 넌 어디 있어
기억 속의 그곳에
바람 부는 그곳에
잡히지 않는 그곳에 있어

독백 2

이제야 알 것 같습니다
사람의 마음이 왜 무형無形인지를
보이지 않는 몸속에
보이지 않게 존재하는지를

이제야 알 것 같습니다
하늘에서 멀리 떨어져 있는
해에게서 멀리 떨어져 있는
이곳에서 사는 이유를

삶이 힘들 때면
하늘이 그리워집니다
그곳이 그리워집니다

마음의 고향

별과 달을 보며
꿈을 꿀 수 있는 곳
깊은 하늘을 보며
마음을 비울 수 있는 곳
바람에 안겨
사랑을 느낄 수 있는 곳
햇살을 맞으며
열정을 느낄 수 있는 곳

사람들의
속삭임들이 스며있는
웃음들이 스며있는
체온과 내음이 스며있는
공기를 호흡할 수 있는 곳

그때의 내 모습들이
사람들과 얘기하며
별빛을 맞고 있을 그곳
사람들과 함께했던
시선들과 발걸음이
달빛을 맞고 있을 그곳

자화상 2

어둠의 외진 구석

사막의 장맛비

사이로 떨어지는

별똥별을 기다리는

외로운 수컷 한 마리

바람

옛 기억 속의 노래를 부르면
눈가에 주름이 가는 이유는 무엇일까
어린 시절 부르던 노래가
왜 하필 이제야 떠오르는 것일까

가을의 햇살 속에서
녹색의 파도 속에서
바람의 노래 속에서
생명의 속삭임 속에서
나를 생각해보며

나의 시가
바람이 날라다 준 추억에서
당신들이 주는 소중함으로 피어나는
푸른 풀잎이 되었으면
푸른 들꽃이 되었으면

고향 집에서

대문 앞 한가로움을 쓰시는 아버지
내 맘 평정을 가져본 지 언제인가

목욕 후 바람에 널려있는 빨래들
찌든 내 맘도 함께 널었으면

하늘 가득 얼굴을 담근다

낮잠 2

시간 위로 흘러가는 바람은

느긋하게 덮이고

멀리 동네 소리는 내 맘에

평화로이 울리어

스르르…

눈을 감는다

추억

몸을 어르는
햇살과 바람이 있기에
생각나는 것이다

한들거리는
풀과 들꽃들이 있기에
아름다운 것이다

울고 싶을 때
내려주는 비 때문에
슬픈 것이다

추억은
가을이기에 추억이다

사십춘기

스무 살에 알았던
사랑에 아파하며
등지고 싶던 감정이여

마흔이 넘어
조그마한 개울가
다리 위에서

그 시절
그 모습으로 서있던
철없음을 만나고 오다

2020년 12월 25일

삶 속에서 힘든 일들은
언제나 갑작스레 다가와
마음을 연료 삼아 다 태워버려
해내고야 말게 만들었다

첫사랑의 애달픔이 그러했고
중요한 일들의 시작과 끝이 그러했고
소중한 사람들과의 이별이 그러했다
이별은 특히나 그러했다

이렇게까지 정성껏
이별을 준비한 적은 없었다
이렇게까지 진심 담아
이별을 기다린 적은 없었다

이별은 갑작스러운 것이라지만
모든 이별이 그런 것은 아니다
적어도 우리의 이별까지
그럴 필요는 없는 것이다

간절히 바라본다
우리의 이별을 위해
따뜻한 겨울이 오기를
뜨거운 2월이 오기를

무지개마을

산등성이 밑 무지개가 사는 마을에 살았던 적이 있어
산등성이 밑 무지개가 사는 마을을 들어본 적이 있니
그 마을을 떠올릴 때면 언제나 마음이 헛헛해
그 마을을 떠나올 때에 중요한 뭔가를 두고 온 듯해

어느 날의 무지개는 빨간색이 가장 빛났고
어느 날의 무지개는 파란색이 가장 빛났고
어느 날은 노란색과 보라색이 가장 빛났고
어느 날은 주황, 초록, 남색이 가장 빛났어

어느 날은 공들의 궤적에 무지개가 떴고
어느 날은 시어와 운율에 무지개가 떴고
어느 날은 안무팀 호흡에 무지개가 떴고
어느 날은 종이 위 펜질에 무지개가 떴어

마을에서 가장 아름답던 무지개는
산등성이 구름 그림자 너머로 피어나던
너무나도 커다랗고 눈부시게 빛나서
차마 눈을 다 뜰 수 없던 무지개

가슴에서 마을 위로 피어나던 무지개
산등성이 구름 그림자 너머로 피어나던
하늘지붕선 위로 모든 색이 눈부시게 빛나서
차마 마음에 담을 수 없던 무지개

산등성이 밑 무지개가 사는 마을을 들어본 적이 있니
산등성이 밑 무지개가 사는 마을에 살았던 적이 있어
그 마을을 떠나올 때에 중요한 뭔가를 두고 온 듯해
그 마을을 떠올릴 때면 언제나 마음이 헛헛해

妄想

새벽 4시 14분. 눈치 없이 울리는 알람소리를 끄고 새벽새보다 일찍 일어난 나는, 문 여는 소리에 달아나 노랫소리를 못 듣게 될까 미리 문을 열어두었다. 이름 모를 새벽새는 내 마음을 알았는지 새벽닭보다 먼저 시작해 평소보다 오래 노래 불렀다. 어느 날 저건 단지 소리가 아니라 그들의 언어이며 연인끼리의 대화라는 생각이 들었고, 귀가 트여 그들의 대화를 이해할 수 있지 않을까 하는 생각에 매일같이 엿듣기로 했다. 그러다 어느 날 매번 비슷한 시간대에 유사하게 들려오는 노래들의 규칙성을 발견하고 모스 부호에 여러 음들이 얹힌 것 같다는 생각을 했다. 그리고 이 시간의 주인이었던 그가 보내는 신호는 아닐까 하는 말도 안 되는 생각을 했다.

제 4 부

마음과 눈물의 부피에 대한 상관관계

가을에는

바람도 외로워서
우리에게 불어오는 거다
바람도 외로워서
우리를 감싸 안는 거다

나뭇잎도 외로워서
붉게 물드는 거다
자기를 봐달라고
붉게 물드는 거다

가을에는
별들도 외로워서
일찍 내려오는 거다
달님도 외로워서
커다랗히 비추는 거다

바람 속에서

그리움을 조각내어
바람에 날려 보내고 싶다
이 몸을 조각내어
바람에 날려 보내고 싶다

바람에 날려
당신들에게 가고 싶다
바람에 날려 온
당신들의 얘기와 체취가 머무는 곳
그곳으로 날려가고 싶다

겨울밤

보이지 않으세요
밤하늘에 흘러가는
별빛에 비치는 바람이

느껴지지 않으세요
바람이 실어온
사람들의 체취와 얘기소리가

별들을 이어보니
사람들의 얼굴이 그려지고
달을 보니
당신의 눈동자와 미소가 생각나요

서로가 어디에 있던
함께 느낄 수 있는 이 밤
적막함이 푸근한
따뜻한 겨울밤입니다

먼 훗날

당신이 그렇게 떠나간 후 1년, 2년
그렇게 시간이 흐른 뒤 어느 날 밤.
별들이 비추어주고, 달이 바라보던
그때의 그 자리에서 당신이 내게
아직도 당신을 사랑하냐고 물으신다면,
함께 있을 그때의 내 모습에게 묻겠습니다.
우리는 영원히 당신을 사랑하지 않겠느냐고

보낼 수 없는 편지 2

오늘의 바람과 꽃내음
그리움 닿는 곳에 담아 보내네

이 맘 훔친 세상
그대 답 없이 떠났으니

그때의 바람과 꽃내음
그대 있는 곳에 담아 보내네

그대 돌아올 세상까지
주목朱木이 되어 나 기다리리

내가 사랑할 사람

9月의 보름달처럼
충만한 미소
밤하늘의 별처럼
총총한 시선
봄 저녁, 그 바람처럼
산뜻함을 주는 사람

정갈한 봄비처럼
촉촉한 눈물
맑은 하늘, 그곳의 낮달처럼
은근한 슬픔
어머니처럼 푸근한
젖가슴과 배를 가진 사람

들판의 풀들처럼
평범한 사람
들판의 들꽃처럼
정감 있는 사람

얘기할 수 있는
계절을 가진 사람
다리를 베고 누울 때
타일러 주는 여유를 가진 사람

그대 내게 오던 날

다른 세상
빛의 저편에서 그대 오시네
나 그대
빛의 소리 듣고 마중 나가니
나뭇잎들
풍경風磬되어 노래하네

그대 이 바람과 함께
내 시간 속으로 들어오시네

햇빛과 바람에
스치는 나뭇잎들

따스한 햇볕 아래 들려오는
사랑해
라는 한마디

올해의 어느 날… 1

창으로 들어오는 저녁노을에

잠을 깼다

어디에서 무얼 하고 있을까

평화롭고 한적한 이 순간 안에서

너무 보고 싶은 너는

올해의 어느 날… 2

나의 몸뚱이가 지친 것이 아니다

나의 마음이 지친 것이다

이젠 와다오

나의 사랑아

올해의 어느 날… 3

저 안에 당신과 내가 있습니다

언젠가 당신과 내가 맞고 있을 바람

그날로부터 온 편지였습니다

올해의 어느 날… 4

너의 부재는 현실과의 괴리

네가 없는 시간은 내게 과거가 된다

너는 나의 현재와 미래

그리고 희망

사랑의 상처

너를 잊으려 함에
죄스러운 까닭은

우릴 바라보던 달이
시퍼렇게 떠있기 때문이다

은밀히 나누던 속삭임을
바람이 알고 있기 때문이다

가지 사이로 비치는 햇살의 의미를
너로 인해 알고 있기 때문이다

함께하던 자리를 지날 때면
아직 네가 거기 있기 때문이다

다시 사랑을 시작함에 있어
죄스러운 까닭은

그 추억들을 배신해야 한다는
죄책감 때문이다

12月의 새벽

별마저
나를 외면하는
서글픈 새벽

울고 싶은 내 모습에
눈을 뜨니
창밖에는 비가 내리고

창에 비치는 모습과
거기에 흐르는
12月의 겨울비는

무너지던 내 모습에
눈물 흘리던
기억 속의 그 사람

지난 기억만큼이나 시린
겨울비 내리는
12月의 새벽

눈썹달

내 고백에 감기던

첫 키스할 때 감기던 눈꺼풀

함께 음악 들을 때면 감기던

미소 지을 때면 살포시 감기던 눈꺼풀

그 얼굴에 뜨면 환히도 빛나던 눈썹달

이별의 날 감기던

눈물 위로 떠있던 눈썹달

차가운 호흡 외로운 겨울바람

빗방울 위로 떠있는 그믐달

겨울비 내리는 이별했던 그믐밤

나의 사랑은

내가 죽어 세상에 뿌려진다면

나의 사랑은 햇살에 실려
그녀를 따스히 해주었으면,
우리가 함께 다녔던 그 길을
환하게 비춰주었으면 합니다

내가 죽어 세상에 뿌려진다면

나의 사랑은 바람에 실려
그녀를 푸근히 해주었으면,
우리가 함께 나눴던 얘기들을
귓가에 들려주었으면 합니다

내가 죽어 세상에 뿌려진다면

나의 사랑은 흙에 실려
그녀가 묻힐 수 있는 양지가 되었으면,
우리의 사랑처럼 고운
들꽃을 피웠으면 합니다

절망

내 마음 봉인의 별 떨어지니
무한의 어둠 밀려들어
공허로써 차오르고

눈부신 한낮의 햇살은
장마철의 폭우가 되어
공허 안에 차오르네

가슴이 마음을 포기하던 날

夢中人(꿈속에서 만난 그)

내 안을 맴돌던 어느 날
메마른 샘 하나 발견한 그는
드러난 바닥에 눈물을 흘려
그곳에 마음을 놓았다

그런 그를 만나기 위해
그곳에 다가가면 갈수록
아련히 번져만 갔고

그 눈물로 편지를 쓰니
이내 새하이 바래져
아무것도 볼 수 없었다

마음과 눈물의 부피에 대한 상관관계

마음이 남아있질 않은 것일까
마음이 있던 자리의 통증보단
눈에서 먼저 눈물이 흐른다
전에는 그리우면 자리가 아팠는데
언제부턴가 통증 대신에 눈물이 난다

생각해보니 첫사랑 즈음인가
마음을 태우기 시작한 게
그가 들어와 불을 지핀 이후
시작되어버린 마음의 증류蒸溜

그리움의 부피가 클수록
견뎌냄의 부피가 클수록 커지는 눈물의 부피
타버린 마음의 부피만큼
태워버린 마음의 부피만큼 커진 눈물의 부피

마음이 재로 된 것일까
세월이 흐를수록 눈물의 양은 커져만 간다

너다.

내 인생의 감정선은 모두 너를 향해 흐른다.
너를 매만지면 뜨거운 감정이 살아 숨 쉰다.
너의 내음은 달큼하다.
포근한 품은 태양처럼 뜨겁다.
매번 탄성을 자아내게 만드는 자태다.

그렇게 나는 너라는 사람에게 빠져
새하얀 색으로 가득 채워진다.
너라는 색에 물들어
서서히 변할 수 있도록.

예전의 구겨졌던 기억들은
너라는 존재로 말끔히 펴진다.
잊고 지낸 심장의 두근거림은
나의 귓가에 메아리로 울려 퍼진다.

나의 넘치는 여유는
오로지 너라는 존재로 메워진다.

그게 너다.

버릇

너는 나의 버릇

어둠의 사막
한 모금 물보다 더한 나의 버릇

맑은 밤하늘
숱한 별들의 헤아림보다 더한 나의 버릇

나의 인생
살아온 호흡의 헤아림보다 더한
너는 나의 버릇

약속

사랑해

세상 어느 곳보다 당신 옆이 제일 좋아
세상이란 것도 당신 옆이기에 의미가 있는 것

시간이 지나 오늘이 오면
우리 원하던 대로 되어 있을 테니

가는 길 힘들더라도
잠깐의 괴로움에 서로의 손 놓지 않기로 해

사랑해

꿈에서 깨고 난 후

어느 겨울밤

설레는 감정으로 너를 기다리던
나를 만났다

손잡고 걷기만 해도 좋았던 그 시절의
너와 나

오늘 너와 내가 만났다

젊은 시절의 너와
젊은 시절의 내가

처음 만났던 그 장소에서

눈을 떠보니 내 옆에 네가 있구나

한참이나 지난 후의 모습이지만
아직도 네 얼굴엔 그 시절의 풋풋함이 있구나

이 가을날
너에게 시 한 편 써줄 수 있어서 행복하구나

가을이면
너에게 시 한 편 써줄 수 있는
남편이고 싶구나

마지막 편지

그대에게 사는 내내 물었지
왜 나 같은 남자와 사는지
수수께끼 같은 삶이었지

단 한 번도 답해주지 않았지
수수께끼를 풀어보라는 듯
사는 동안의 숙제라는 듯

그대 기억하나요 내가 참으로 꽃을 좋아했던 것을
온 가득 퍼지는 꽃내음을 좋아했던 것을
나에게 그대는 향기 나는 꽃이었기에
반드시 그대를 가져야만 했었다는 것을

그대 기억하나요 내가 참으로 보석을 좋아했던 것을
나에겐 없는 반짝임이었기에 좋아했던 것을
나에게 그대는 지금 아니면
가질 수 없는 보석이었기에
반드시 그대를 가져야만 했었다는 것을

이별이라 생각했던 순간에도 곁에 머물러줬던 당신
이별에 무뎌진 세상에서 그대에게 어떤 의미였는지
나를 위해 희생하는 이유가 무엇이었는지

참으로 사는 내내 수수께끼 같은 삶이었지

그대, 나의 가을

그대 두 볼에 단풍이 든다
그대 얼굴에서 내 청춘의 미소가 보인다

그대 안경 틈으로 가을햇살이 반짝인다
나를 담아주는 세상 유일한 눈동자

그대 머리칼 사이로 가을바람이 불어온다
그대 곁에 가을내음이 든다

그대 숨결에선 그 가을내음이 난다
그대 손잡으면 그 가을을 걷고 있다

그대는 나의 가을
그대에게 가을이 든다

너에게 가는 길

낮과 밤의 경계선을 달려 추억 속으로
빛과 어둠의 중앙을 가르며
추억의 본향으로 가는 길

네온빛이 아닌 별빛과 달빛을 맞고 있는 그곳
지금의 내가 과거의 우리를 만나러
바람의 본향으로 가는 길

점등식이 열리고 붉게 흐르다 파도로 물들어가는
구름의 속도보다 그리움의 속도보다 빠른 속도로
마음의 본향으로 가는 길

꽃이 된 그대

봄의 비가 떨어진다
빗방울에 젖어 꽃내음 풍기며
흠뻑 꽃이 되어 돌아온 그대

봄의 눈이 떨어진다
눈송이에 쌓여 색색깔 뽐내며
잔뜩 꽃이 되어 돌아온 그대

봄바람에 퍼지는 새소리
밝게 웃는 꽃의 모습으로
결국 봄이 되어 돌아온 그대

제 5 부

일상의 소중함으로

아래 미늘 마을(통영의 선촌에서)

작은 교회 하나

풀 뜯는 소가 있고
그런 언덕이 있는

그리움이 밀물치는
작은 바다를 가진 곳

사람을 그리워하고
사람을 머물게 하는

바람도 쉬어가는
작은 바다 동네

벤치의 노인들을 보며

부모님의 새치와 주름살을 보았던 그 시절
그날의 부모님이 되면 알 수 있을까
벤치에 앉아 하늘을 바라보고 있는
저 노인들의 마음을

등 뒤로 들어온 노인들의 희로애락
어깨너머로 보아온 그분들의 인생
저 낡은 벤치는 알고 있지 않을까
자기를 지나간 그분들의 마음을

가을의 고백

시간도 버렸습니다
자유도 버렸습니다
생각도 버렸습니다

그렇게 버리고
이곳에 온 지
어언… …

길어진 머리
주머니 속의 담배
세상에 남겨질
당신을 위한 나의 시들
그리고 사랑을 머금은
천 마리 학들

웃을 줄만 알았던 제게
이곳이 준 선물입니다

감사드립니다
시간을 넘어 기다려준
맑은 하늘과 당신

이제 세상에 나서려 합니다
오늘의 바람처럼 다가오십시오
시간을 넘어

산을 오르며

고개 뻣뻣한 자들이여
겨울 산을 오르라

얼어붙은 절벽
차가운 얼음에 얼굴을 맞대고
기어오르는 자신을 보아라

얼어붙은 산길
미끄러운 얼음 위에서
바둥대는 자신을 보아라

그것이 자신의
진짜 모습일 테니

일출

수평선부터 시작된 레드 카펫
지구를 뚫고 나와 요동치는 해면海面
세상을 주목시키는 절대적 홍점紅點

마침내 펼쳐진 레드 카펫
장엄한 찰나
태초로의 초대

봄

어린 시절, 나를 어르시던
어머니의 손길처럼
푸근한 바람, 따스한 햇살

나를 바라보던
그녀의 눈처럼 맑은 하늘
얼굴처럼 싱그러운 꽃, 나무

새로운 시작을 위해
지난 때를 씻어내리는
부슬부슬 봄비

함께 시작하자고
나를 보채는
봄을 느끼며

여정

가락에 맞춰
창을 두드려본다

피로에 지친 사람들
고사리 같은 손

창밖의
어둠에 묻힌 풍경들

적막함과 고요함을
내뿜는 전등불

카트를 끄는 아저씨와
손님 간의 농담

옆에 앉은 여자가
왜 알던 사람처럼 느껴질까

친근한 어색함
친근한 침묵
흔들리는 기차

겨울 일기

하늘이 겨울의 씨앗을 뿌리던 그날
온몸 가득 추위를 묻힌 채 내게로 왔네

하루하루 세상에 찌들어가던 내 맘에
작은 生의 씨앗으로 묻힌 너

나도 이제 이 씨앗의 열매들을
나눠줄 아이들을 기다리며

저물어가는 석양 아래
生의 감사함을 느끼네

생각

차창에 비친 내 모습
그때의 내가 보입니다

거리를 거니는 사람들

앞사람이 걷던
발자국 위에 서봅니다
어떻게 살아왔을까

좀 전에 지나온
발자국을 되돌아봅니다
하지만 되돌릴 수 없는 발자국

주위를 돌아보면
그때의 내 모습이 보입니다

지금의 저는 어떤 모습일까요
앞으로 많은 시간이
남았는데 말입니다

인생

인생이란,
자연을 알아가는 것
자연과
대화해가는 것

인생이란,
사람들을 알아가는 것
사람들의
발자취를 쫓아가는 것

그리고
인생이란… …

그들을 잃어가는 것

아버지

당신은
지금도
제 앞에 계십니다

아무 뜻 없이
좋아 따르던

술에 취해
저를 안고 주무시던

당신 손안의
풀빵이 그리워지는
그 시절

지금은
사랑의 모습으로

눈물이 되어
저를 쓰다듬어주십니다

어머니

나의 어머니도 그러시리라
군에 보낸 자식 생각에 눈물을 흘리시던
가게 주인아주머니처럼
군인들을 볼 때마다 노을이 지시던 그분처럼

모든 어머니도 그러시리라
혼자이실 때면 신문에고, 달력에고
자식들의 이름을 쓰시던
내 어머니처럼

어머니 전 상서

지금 나를 누르는 것은
쏟아지는 수만 개의 별빛도 아니요
커다란히 비추는 달빛도 아니요
거세게 밀려오는 바람도 아닙니다
어둠 속에 담겨있는 그리움이요, 기억입니다

오늘 같은 밤이었을까요
저를 업고 맨발로 병원까지 뛰셨다던 그 밤이
언제이던가요
적막한 방 안, 외로이 놓여있던
신문 가득 적혀있던 제 이름
익숙했기에 몰랐던 당신의 흰머리와 주름살
언제부턴가 알게 되더군요
당신이 살아오신 세월의 시간이
그리고 남은 시간조차도 유수와 같다는 것을

그녀를 보고 있으면 당신이 느껴집니다
저를 가지시던 당신의 배처럼
따스하고 푸근한 배를 가진 그녀

어릴 적 저를 바라보시던 당신의 눈처럼
사랑과 희망으로 나를 바라보는 그녀
그래서 그녀를 사랑합니다

이 말이 하고 싶어 시를 썼습니다
다시 태어나도 당신의 아들이고 싶습니다
그것이 짐승일지라도,
함께 있을 수 있는 당신의 '아지'이고 싶습니다

귀성길

둥그스름히 높이도 떠있는
뿜어낸 입김이 담배연기 같은
차갑고 새까만 새벽

몇 년 만의 방문일까
부모님 뵌다고 설레는 가슴이라니
늘 걱정만 안고 떠났지만 이번엔 다른 귀성길

얼마나 지났을까
시야가 거슬려 째려보니
출발할 때 봤던 그 녀석

고개를 꺾을 정도로 높이 있었는데
어느새 이만큼이나 내려왔지
눈높이까지 내려온 그 녀석

왼쪽 구름 뒤로 없어졌다
찾으려고 쫓아가니
오른쪽 구름 뒤로 나타난 그 녀석

어깨까지 내려와 잡아보라고 약 올린다
잡으려고 창문을 내리니
금세 구름 뒤로 숨어버리는 그 녀석

그때부터 시작된 그 녀석과의 숨바꼭질
다시 잡으려고 쫓아가보니
어느새 코앞에 와 눈 맞추는 그 녀석

갑자기 북적거리는 주변에 한눈판 사이
꼭꼭 숨어버려 조급히 두리번거리니
막판 스퍼트를 내듯 시뻘겋게 나타난 술래

술래도 아니었는데 왜 밀당을 하였을까
그렇게 끝난 혼자만의 숨바꼭질
짧기만 했던 오랜만의 귀성길

봄에게

봄아 부탁해
바통을 건네줄 때 여름에게 전달 부탁해
대기선의 다른 계절들에게도 전달 부탁해

장미꽃 한 다발 가슴에 안기고픈 설레는 아침공기
풍경風磬 우거진 나무 아래
파릇파릇 숲내음 맡으며 걷는
비 갠 산뜻한 하늘 선명하게 뜨던
그날의 무지개를 선물 받는
청명한 하늘 구름 그림자 보며
그리움의 시 한 편 쓸 수 있는 여름이 되길

어김없이 데려가기 위해 마중 나오는 마법 양탄자
그리움 속 반갑게 만났던 그 새벽
그날의 풀벌레 소리를 만나는
밤하늘 가득 눈앞까지 내려오던 별들과
계단 끝 만나러 올라가던 보름달을 선물 받는
한적한 바닷가 카페 한 줄 한 줄 설렘과
고백을 숨길 수 있는 가을이 되길

용기 내게 하는
적막한 한기寒氣조차 설레는 성탄절의 밤공기
바람의 지휘로 파도가 연주하는 몽돌
오롯이 혼자만의 연주회가 펼쳐지는
튀어 오르기 위해 웅크리는 용수철처럼
재도약을 위해 웅크리는 인내심을 선물 받는
아픈 기다림의 시보다는 설레는
기다림의 시 한 편 쓸 수 있는 겨울이 되길

봄아 부탁해
바통을 건네줄 때 여름에게 전달 부탁해
대기선의 다른 계절들에게도 전달 부탁해
그리고 봄아 부탁해

떠난 겨울의 시샘에 상처받지 않고
아이들을 피워내는 봄이 되길
온화한 바람에 노란색, 분홍색, 흰색의 꽃눈을 내려
지난겨울의 아쉬움을 달래주는 봄이 되길

뒤에 올 계절들이 힘을 낼 수 있도록

필요에 맞는 비와 바람 햇살을 맞는 봄이 되길
새로운 만남과 시작에 대한 설렘
그 어수선함 속에서 엉켜 넘어지지 않는 봄이 되길

계절들의 계주繼走
그 긴 여정의 시작이 순조로운 시작이 되도록
봄아 부탁해

이 계절의 겨울

온갖 색감으로 생명이 피어나는 봄
그 안의 다른 계절 또 한 번의 겨울
째르르르 하늘 가득 울리는 폭설경보
온풍을 타고 향기와 함께 내려오는 눈

여기저기 뭉게뭉게 만지고픈 몽실구름
그 시절 딸을 데려와 목말 태우고 싶다
설렘에 밟혀 지저분히 적시는 첫눈처럼
설렘에 밟혀 짓이겨져 적시는 함박눈

살랑살랑 내려와 유혹하는 노랑구름
가까이에 곁에 있어 내일내일 미루다
꽃샘추위에 또다시 내일내일 미루다
봄비에 떨어져버린 노랑노랑 싸락눈

고개 드니 하늘 가득 빼곡한 분홍구름
토실토실 복슝복슝 소복한 분홍눈송이
하객들이 뿌려주는 축하의 꽃가루처럼
하늘하늘 내려오는 설레는 분홍가루눈

눈으로 소멸한 색색깔의 구름들
발치에 쌓여있는 색색깔의 꽃잎들
올해는 끝이라며 시선의 끝 저 멀리
추억으로 점점이 멀어져가는 날린눈

목련

봄비와 함께 첫눈을 내린 자리

스팽글 반짝이는 웨딩드레스 입은 순백의 자태

플래시 세례 받으며 서있는 만인의 신부

花蛇

가장 화려한 모습으로 유혹코자
일 년을 농축시킨 인내의 끝
마침내 색향의 연회 시작하네

유혹 중 비와 눈으로 떨어져
바람 타고 들통나버린 실체
봄바람 불어오니 꽃뱀들이 밀려오네

희고 노란 분홍의 무늬를 띈
바람 타고 형형쌕쌕 꼬리 치며 다니는 꽃뱀
봄바람 불어오니 꽃뱀들이 홀려오네

짧지만 강렬했던 연회의 끝자락
바람 타고 최면 걸듯 꼬리 치며 다니는 꽃뱀
또 한 번 긴 잠 위해 꽃뱀들이 떠나가네

자택 구금

누렇게 떠버린 세상
숨 좀 쉬자고 폐포의 녹진한 것을 뱉어내고
잔잔한 바람결에 흰색의 부유물들을 띄워
눈도 못 뜨게 3급수의 세상으로 만들어버렸다

사색이 돼버린 하늘
도망치고 숨어도 무섭게 쫓아오는 안전문자
어제까지 보이던 산도 안 보이는 4급수의 세상
흰 아가미 달고 미꾸라지 되어 누구를 원망해본다

인간들만 머무는 공간이 아니라는 경고
인간으로 보고자 한다면 집밖으로 나오지 마라
인간으로 살고자 한다면 집밖으로 나오지 마라
피신했던 가옥이 감옥이 되어 자택 구금된 인간들

일상의 소중함으로 1

눈이 멀어버린 것일까
때 묻은 내 눈을
정화시켜버린
한없이 깊은
맑은 하늘

차창 밖으로 보이는
유원지의 연인들
보는 것조차 사치라고
옆 선로의 기차가 눈을 가린다

짜증 나게 막혀있는 차들
공해에 찌든 건물들
승강장에 서있는
빽빽한 사람들

일상적인 모습들
아, 행복하다

일상의 소중함으로 2

달리는 만원 버스를 보고
생각에 잠긴다

의자에 기대 조는 학생들
누굴 만나러 가는 사람들의 행복
친구들과 떠드는 이들의 생기
시장바구니를 든 아낙네들의 기쁨
퇴근 시간, 피로에 지쳐 흔들리는 머리
삶의 의지를 싣고 달리는 버스

그 얼굴들을 보며 이런 생각을 한다
나도 이제 그리 살아보고 싶다고
이제는 그리 살아야 한다고

일상의 소중함으로 3

이 하늘 아래 다시 섬에
세월의 흐름을 알 수 없네
이 문을 들어오고 나감에
2년이 흘렀으나
변함없는 하늘이라
세월이 무상하네
허나 세월은 흘렀네
그대가 내 안에 있으니

생전에 못 볼 천년의 날들
그 마지막 날들을
그대 생각으로 보내네
천년이 지나 다시 오늘이 와도
하늘 아래 그대 생각을 하고 있으리
그렇게 천년의 끝을 살고
그렇게 천년을 보내네

내 그대 없인 살기 싫고
내 그대 없인 살 수 없네
그렇게
일상의 소중함 속에서

보낼 수 없는 편지 3

두두두두, 중장비와 인부들의 작업하는 소리
왠지 아파하는, 우는 소리 같아서 마음이 아파
네가 무너지는 모습을 보니
마음 한구석이 무너지는 듯해
이젠 추억으로 남을 너지만
마음속엔 그대로 서있을 듯해

네가 만들어지던 시간에 비하면 보잘것없어서
네가 머물다가던 시간에 비하면,
사람들을 품었던 시간에 비하면
네가 무너지는 시간은 보잘것없이 짧아서
인생의 덧없음을 느껴
너는 마지막 순간까지 이런 여운을 주는구나

중심가에 있어 내려다보이는 모습이 멋졌던 옥상
들어오고 싶어 뒷다리만 반쯤 걸치고 간 보던 문턱
긴 외출 뒤 주차하는 소리에
반갑게 내려오는 소리가 들렸던 계단

무더운 여름날이면
장인어른만의 쉼터가 됐던 계단통로
할아버지와 손녀가 앉아 TV를 보던
좁지만 넓었던 계단 밑 골방

연말이면 밤새도록 돌아가던 인쇄소와
우리 딸이 가장 좋아하는 치킨집이 있던 1층
삼남매가 방귀 뀌고 깔깔 웃던 방들이 있고
삼대의 피아노 소리가 울려 퍼지던 2층
장모님의 맛있는 음식을 맛볼 수 있던,
가족들이 모여 생일 축하 노래를 부르던 3층

처음 네 안에 들어서던 날이 생각나
처음 네 안에 들어서던 그날,
어른들을 뵌다는 생각에 떨렸지만
계단실을 오를 때, 어린 시절 좋은 추억이 겹쳐져
떨림이 사라졌어

네 품안에서 잊었던 가족의 사랑도 알게 됐어
가족들 간의 사랑을 다 느낄 수 있어서
온 가족이 모이는 명절이면 들뜨기도 했어
네 품안은 더 큰 사람의 품안처럼
평온하고 따뜻해서
너를 거쳐 간 사람들 모두 너를 닮아갔을 거야

너와 나는 어느새 20년 지기더라
속상했던 날이면 안아주어서 고마워
부끄럽고 고민하던 비밀얘기들 들어줘서 고마워
그동안 우리 가족들 행복하게 지켜줘서 고마워
그동안 고생 많았어,
아무 걱정 없이 마음 편히 떠나가렴

황혼의 농부

바다가 파도쳐 들어온다
풍작의 바람을 들은 보름달
파도에 보름달이 출렁인다

녹색의 섬들이 떠오른다
바다에 흩어져 생명을 준비하는 섬들
바다가 녹색으로 물들어간다

개구리 울음소리 들려온다
마음에 파도치던 딸아이 산성産聲처럼
개굴개굴 응애응애 파도쳐온다

얼굴의 주름살을 고랑 삼아
주름살에 고이는 땀을 비료 삼아
넋두리와 하소연을 가락 삼아 키워낸 딸

쥐불놀이 후 지도 그릴 걱정하던 시절을 지나
파릇이 자라나는 생명처럼 파릇이 펴져가는 얼굴
맺히기 시작하는 생명처럼 주근깨 맺혀가는 얼굴

자라난 생명의 길이만큼 길어진 머리칼
자라난 생명의 높이만큼 길어진 종아리
어느새 자라난 발로 함께 걷고 있는 바다

바다가 내려다보이는 언덕에 앉아
휜 허리로 시간을 낚고 있는 농부
과거에서 낚여오듯 농부의 얼굴이 온다

알알이 맺혀있는 농부의 황금빛 청춘들
시절들의 무게만큼 휘어진 인생의 파도들을 지나
얼굴에서 시간에서 키워낸 농부의 청춘이 온다

메뚜기처럼 다녀가기를 몇 해
어느새 꺄르르 새 생명들과 함께
메뚜기를 잡고 있는 딸

모두 사라져 버린 황혼의 바다
늘어진 그림자를 보니 떠오른 잊었던 뒷모습
너무나 그리운 아버지

공허함에 기대어 돌아보니 황혼에 물든 미소
같은 시간 속 같은 자리에서 말없이 등을 내어주던
같은 시간 속 닮은 모습으로 서있는 또 한 명의 농부

메마르고 얼어붙은 황혼의 바다
삶의 의지를 담고 떠있는 새하얀 테왁들
또 한 번 바다를 준비하는 새하얀 농부

성숙으로 가는 낙서장

여기까지 오며
많은 걸 알았습니다
그럴 때마다 몇 꺼풀씩
자신을 벗겨냈는지 모릅니다

그렇게 벗겨내어
가늘어진 마음
그렇게 얻었지만
희미해지는 소중한 것들

가늘어진 마음이
바람에 꺾이기 전에
그런 소중한 것들이
바람에 날려가기 전에

이렇게 담아놓습니다
저의 작은 공간 속에

성숙으로 가는 낙서장

펴 낸 날 2023년 10월 10일

지 은 이 이재호
펴 낸 이 이기성
편집팀장 이윤숙
기획편집 이지희, 윤가영, 서해주
표지디자인 이지희
책임마케팅 강보현, 김성욱
펴 낸 곳 도서출판 생각나눔
출판등록 제 2018-000288호
주 소 경기 고양시 덕양구 청초로 66, 덕은리버워크 B동 1708호, 1709호
전 화 02-325-5100
팩 스 02-325-5101
홈페이지 www.생각나눔.kr
이 메 일 bookmain@think-book.com

• 책값은 표지 뒷면에 표기되어 있습니다.
ISBN 979-11-7048-602-2(03810)